Dirección editorial:
Departamento de Literatura
Infantil y Juvenil

Dirección de arte:
Departamento de Imagen y Diseño GELV

Diseño de la colección:
Manuel Estrada

*El 0,7% de la venta de este libro
se destina al Proyecto «Mejora
de la Calidad y oferta educativa
del ciclo diversificado del Instituto
Tecnológico Quiché de Chichicastenango
(Guatemala)», que gestiona la ONG
Solidaridad, Educación, Desarrollo (SED).*

1ª edición, 9ª impresión, marzo 2011

Título original: *Vive la France!*
© Éditions Nathan-Paris, Francia, 1999
© De esta edición: Editorial Luis Vives, 2002
    Carretera de Madrid, km. 315,700
    50012 Zaragoza
    Teléfono: 913 344 883
    www.edelvives.es

ISBN: 978-84-263-4851-7
Depósito legal: Z-968-2011

 Talleres Gráficos Edelvives (50012 Zaragoza)
Certificados ISO 9001
Printed in Spain

Reservados todos los derechos. Cualquier forma de reproducción, distribución, comunicación pública
o transformación de esta obra sólo puede ser realizada con la autorización de sus titulares,
salvo excepción prevista por la ley. Diríjase a CEDRO (Centro Español de Derechos Reprográficos,
www.cedro.org) si necesita fotocopiar o escanear algún fragmento de esta obra.

FICHA PARA BIBLIOTECAS

LENAIN, Thierry (1959-)
Toño se queda solo / Thierry Lenain ; ilustraciones,
Delphine Durand ; traducción, P. Rozarena. – 1ª ed., 9ª reimp. –
Zaragoza : Edelvives, 2011
    31 p. : il. col. ; 20 cm. – (Ala Delta. Serie roja ; 3)
    ISBN 978-84-263-4851-7
    1. Racismo. 2. Intolerancia. 3. Amistad. 4. Soledad. I. Durand,
Delphine (1971-), il. II. Título. III. Serie.
    087.5:821.133.1(44)-32"19"

EDELVIVES

ALA DELTA

Toño
se queda solo

Thierry Lenain

Ilustraciones
Delphine Durand

Traducción
P. Rozarena

Para Assia-Kunda.

En aquel país
había un pueblo.
En aquel pueblo
había un colegio.
En aquel colegio
había un patio.
Y en aquel patio
había un chico
completamente solo.

Y, sin embargo, antes,
Toño tenía un grupo de amigos,
y él era el jefe del grupo.
En el grupo estaban: Anaís,
Benjamín, Judith, Jerónimo,
Lao, Tarik, Manuel, Karina y Mateo.
    Hoy, Toño ya no tiene
su grupo de amigos.
    ¿Queréis saber por qué?

Una mañana, llegó al colegio
una niña nueva. Se llamaba Kelifa.
Lao invitó a Kelifa
a formar parte del grupo.
Pero Toño no quería.
—¿Por qué no quieres
que entre en nuestro grupo?
—preguntó Lao.
—Porque no es española.

—¿Cómo lo sabes? —preguntó
Lao sorprendido.

—¿Estás tonto, o qué? ¿No ves
que es árabe? —respondió Toño.

—¿Y qué pasa si es árabe?
Eso no quiere decir
que no sea española...

—Ser árabe es ser distinto
de nosotros —dijo Toño irritado.

—¿Ser distinto de quién? —quiso
saber Lao.

—¡Pues de ti y de mí! —contestó
Toño enfadado.

—Bueno, tú y yo tampoco somos
muy iguales...

—¡Eres tú el que no es igual!
—soltó Toño indignado.

—¡Ah, sí! ¿eh? Pues, ¡adiós,
muy buenas! —dijo Lao, y se marchó
del grupo.

Toño se quedó muy sorprendido.

—¿Qué haces? —le preguntó.

—Me voy con Kelifa.

Y así fue como quedó un niño
menos en el grupo de Toño.

Manuel se acercó a Toño
y le preguntó:

—¿Por qué has dicho que Lao
no es igual?

—¿Es que no has oído hablar
a su padre? —se burló Toño—. ¡Habla
chino!

—Bueno, y eso ¿qué tiene que ver?
—replicó Manuel bastante asombrado.

—Para ser de nuestro grupo hace falta que el padre hable español.

Manuel frunció las cejas y preguntó:

—¿Y nuestro abuelo también tiene que hablar español?

—¡Sí! ¡Y nuestras madres y nuestras abuelas también!

Manuel le miró muy serio y dio media vuelta.

—Mi abuelo sólo habla portugués, así que... ¡adiós!

Y se alejó del grupo.

—¡Eso es! ¡Los extranjeros con los extranjeros! —gruñó Toño enfurruñado.

Y así fue como hubo dos niños menos en el grupo de Toño.

Anaís, Judith y Karina,
las tres niñas que había en el grupo,
se acercaron a Toño.

—¿Por qué has dicho eso?
¿Qué importa que el abuelo
de Manuel no hable español?
—preguntó Judith.

—Y tampoco importa que su padre no hable español —añadió Karina.

—Y si Manuel no hablase español... ¡se lo enseñaríamos! —dijo Anaís.

—¡Callaos de una vez, niñas! No decís más que tonterías —les gritó Toño furioso.

Las niñas le miraron enfadadas
y dijeron al mismo tiempo:
—Adiós, jefe tontorrón.
Toño las vio alejarse y se quedó
murmurando entre dientes:
—Cuanta menos gente, mejor...

Y así fue como hubo cinco niños
menos en el grupo de Toño.

Benjamín pasó cerca de Toño.
Éste le ordenó:

—Oye, gordinflón, vete a decirles a esos imbéciles que son unos idiotas...

—No, no... me lla... llames es... eso —tartamudeó Benjamín—. No... me gusta que... que me llames gordinflón.

—Ah, ¿no te gusta, eh, gordinflón? —se burló Toño.

—Que no... no me llames eso
—a Benjamín le temblaba la voz.

—¿Por qué no quieres que te llame
gordinflón? —insistió Toño.

—¡Ya no quiero... que seas nunca
más... mi jefe!

Benjamín echó a correr y se alejó
de Toño.

Y así fue como hubo seis niños
menos en el grupo de Toño.

Rabioso, Toño llamó a Tarik
y a Mateo y les ordenó:

—¡Id a partirles la cara a esos
idiotas!

Tarik retrocedió un paso:

—Oye, a mí no me gusta pelearme.

—A mí tampoco —aseguró Mateo.

—¡Gallinas! —les insultó Toño.

—¡Sí! ¿Por qué no vas y les pegas
tú mismo? —le retó Mateo.

Tarik tiró de la manga a Mateo:

—Ven, vamos a jugar con ellos...

Toño se quedó hablando solo:

—Cobardicas, miedosos, gallinas...

Y así fue como hubo ocho niños
menos en el grupo de Toño.

Desde detrás de Toño, Jerónimo
había visto todo lo que había pasado.
Él admiraba a Toño
porque siempre hablaba alto y fuerte;
pero, al mismo tiempo,
le daba un poco de miedo.
Sobre todo cuando cerraba
los puños y miraba como si echara
fuego por los ojos.
Y así estaba en este momento.
Así que Jerónimo prefirió
alejarse de puntillas y calladito...

Pero Toño lo vio:

—Y tú, ¿adónde vas? —rugió.

—Bueno... yo... como ya no somos más que dos...

—¿Me dejas solo?

—No... pero es que... —se disculpó Jerónimo mientras caminaba hacia atrás.

—¡Muy bien! ¡Lárgate, eres un traidor!

Y así fue como hubo nueve niños menos en el grupo de Toño.

Enfadado y fuera de sí, Toño
se subió a un banco y empezó
a gritar con todas su fuerzas:
—¡Soy el jefe! ¡¡¡Yo soy el jefe!!!

Kelifa se acercó a él y le dijo:

—Aúllas como un perro asustado.
Venga, baja de ahí y ven a jugar con
nosotros.

—¡No juego con vosotros porque
no sois como yo! —gritó Toño.

—Bueno, tú te lo pierdes
—le dijo Kelifa.

Eso es lo que pasó en el patio
de aquel colegio, de aquel pueblo,
de aquel país.

Toño se quedó solo
con el único niño
que era como él: él mismo.

Todos los niños del colegio
están preparados
para que tú representes
Toño se queda solo.

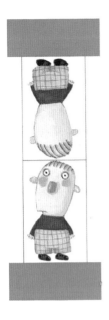

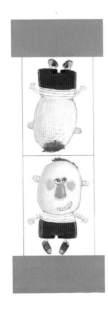

Recorta cada personaje,
dóblalo por la mitad,
pega los extremos azules
uno sobre otro
como indica el dibujo.

¡Ya puedes jugar!

TÍTULOS PUBLICADOS

SERIE ROJA